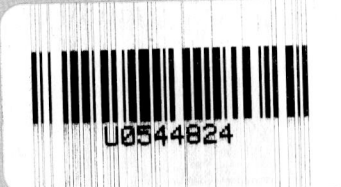

任性出版

I Wish I Knew

我希望我知道

最激勵人心的便利貼，
願成為你身處黑暗時的小小亮光。
英國最暢銷詩人短文集。

《星期日泰晤士報》暢銷作家排行榜冠軍
唐娜・阿什沃特——著
Donna Ashworth

謝慈——譯

CONTENTS

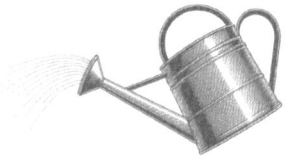

好評推薦

（依姓名筆畫排序）

在這個節奏越來越快的世界裡，我們總被提醒要堅強，卻少有人說：你可以慢下來。

《我希望我知道》這本書，就像是一道為心事預留的出口，悄悄為你開啟，每段文字，都是作者唐娜·阿什沃特（Donna Ashworth）在生命低谷時，與自己對話的片刻，柔軟而真實的寫進書裡。

書中帶你看見那些被忽略的自尊、情緒與渴望，提醒你：你已經很好、已經夠多，只需要一點時間，好好安頓自己。

願你在字裡行間找到一種被理解的感覺，也找到繼續走下去的力量。

——正面能量創作者／Tings 聽思

當生活的重擔沉重，讓你喘不過氣，
當情緒的浪潮紛湧，讓你無語凝噎——

本書是一本讓心靈慢慢舒展、重新呼吸的書籍。作者以溫柔的筆觸，記錄她走過人生低谷時的所思所感。

這些雋永的文字宛如一封封寫給自己、也寫給讀者的愛之信箋，訴說著關於悲傷、快樂、失落與重生的祝福。

在詩意與失意交織的扉頁間，我們漫步在有光的林道，拾起一點溫暖，一抹勇氣的微光，一絲被理解的愉悅。

這本書讓你在夜深人靜時，尋得清明；在晨曦初透中，重新開始。它不只是讀物，更是一場深刻而溫暖的相伴。

——作家、丹鳳高中圖書館主任／宋怡慧

《我希望我知道》每篇短文、每段隻字片語，都像是夜間一盞燈火，既是溫馨陪伴、也能指引方向。看似作者隨手拈來生活中的畫面，卻都因為讀者感受到似曾相識，而在閱讀的當下相互共鳴。全書沒有深奧的大道理，但句句都可以在隨風展讀翻閱中，沉入心底。

——作家、廣播主持、企業顧問／吳若權

《我希望我知道》是一本可愛的小書，如同一盞小燈，在紛亂的世道中為迷惘的人心點亮微光。作者以平易近人卻富有力量的文字，傳遞對生命的理解與安慰，如同一位友人的溫柔陪伴，並輕輕的提醒：只要真心喜歡自己，接納自己，內在就有不滅的光。

——作家／彭樹君

有些話，我們在某個關鍵時刻讀到，就會在心裡駐足許久。《我希望我知道》正是這樣一本書。

無論你在哪裡，本書就像一雙輕輕托住你情緒的手，安靜卻堅定的提醒我們：記得放慢腳步，好好看看自己，讓你相信生活的柔軟與可能。

——暢銷作家、閱讀推廣人／綠君麻麻

這本書該怎麼使用？它是螺絲起子，是調味料，是一把尺，是道路的號誌。每當你陷入絕境，隨便翻開一頁，就會感受到腦袋正在重新整理。因為無法轉念的時候，往往只是需要一個使之鬆動的工具，幫你拓寬那一點小心思：你可以做得更多，或者什麼都不做。你永遠保有選擇。

——詩人／鄭聿

有時候我們明明知道，不用活成別人期待的樣子，不用討好、不用比較、不用時時證明自己，但生活裡的聲音太多，很容易就忘了。

本書不試圖改變你，它只是一次次把你拉回來，提醒你：不用努力成為誰眼中的理想模樣。你唯一需要改變的，是看自己的眼光。

當你開始以不同角度看自己，你所看見的世界，也會悄悄改變。你無須用社群的觸及率、他人的掌聲，來定義你能帶給世界什麼，答案永遠不在手機裡，而在你心裡。

我們認識一個人，或許是從外貌開始。但我們真正覺得一個人迷人，是談吐、是想法、以及他活出來的樣子。

這本書沒有要你變得更討人喜歡，它只是輕輕提醒你：你一直都值得被自己喜歡。

——社群創作者／閱讀小姐

前言

我全心全意，將本書獻給在社群網站上追蹤我的所有人。日復一日，我得到他們的支持、鼓勵和肯定。我所寫下的每個字，都帶著愛與無盡的感恩和他們分享。

你知道的，我有一個夢，夢想著在網路上的小小角落，我們能彼此支持，讓夢想成真；我夢想著，我們能彼此坦誠，承認如果以完美為目標，人生太過困難。但願我們能共同努力，打破完美的幻象，一起面對真實的人生，過去、現在和未來的每天皆然。謝謝你們每一個人。

作者的話

請把這本書想成小小的人生守則，**一切皆源自我在谷底的體悟**。如果人生遇到阻礙，請拿起此書，隨手翻開，讓這本書喚醒你深藏於內心的事物。願這本書能成為你在黑暗世界的小小亮光。如果能為你帶來希望，將是我最大的喜悅。

Chapter 1

傾聽生存的故事，那是真正的藏寶圖

1. 我希望我知道

我希望我從一開始就知道
自尊是一種與生俱來的美德
你絕不能把那些珍貴的種子
種在其他人的花園裡。

我希望我知道，每一步
為了讓這些種子盛開
真正需要的，來自你對自我的認可。

是的，我希望我當時就知道

自我認可是它們的陽光
和平是土壤，而愛是雨露。

我希望我知道

任何事物都將迭更
就像季節和風。
但願我總是知道
那些種子可以長得如此之高
如此堅強、如此猛烈
就像最美麗的向日葵
只要條件正確。

或者他們會枯萎，變成雜草和空殼
只因被忽視。

我希望，在我今生之前便已知曉
無論遍尋世界多少地方
也不會找到更好
能親手栽種的那座花園
只可惜，那時的我不懂。

而我希望你

也能知曉，

使你成長

澆灌

你。

2. 友誼不是數字遊戲

你可能有個朋友，就那麼一個朋友，總是給你最強烈、最激昂的支持，讓你感覺彷彿有支軍隊在你身後。同時，你可能還有很多其他朋友，但你並不確定他們對你是否真誠。

明天，你可能會遇到一位新朋友，他會闖入你的人生，帥氣的對你說：「我支持你。」事實上，他也的確這麼做。然而，你可能有些深交多年的摯友，即便在最美好的時候也無法出現，更別提最壞的時刻了。

如果你足夠幸運，或許有許多支持你的朋友，但其實只要一個足矣。友誼不是數字遊戲，而是本能遊戲——相信你的直覺。

3. 你美麗的軌跡

你沿著美麗的小徑走過人生
一條無影無形
如星光般燦爛的網路。

所有觸動他人內心的時刻
都化作蹊徑上的繁星。
每一次微笑
每一句良言
每一份善意
都燦爛閃耀著
每一個人。

你那閃爍耀眼的銀河
不斷綿延

我希望我知道

試圖觸及你未曾踏足的遠方
但你的言語和行動
早已化作生命力抵達。
你沿著微微閃動的蜿蜒小徑
富於愛和喜悅
真誠和善良
陪伴和忠誠
還有你的獨一無二
遍布世間
而你卻未曾察覺。

假如你能看見
你將為之著迷
因為你對這個星球影響深遠。

請繼續沿著美麗的軌跡前行
你還能帶來更多的風景。

有朝一日

其他人將跟隨那條

由你開闢的幽徑

由你一個人所開闢的。

4. 謹言

小心你脫口而出的話語
這些惡毒的小東西
它們可能刺穿某人的壁壘
直搗他們的心扉。
不經意的字句也能滲入血肉
縈繞他們數十年
每一次觸碰都隱隱作痛
左右一個人的自尊
請留意用詞。

小心你指尖滑落的字句
一旦寫下就無法真正抹去
它們可能飛掠網路
竄入某人的手機和歷史

我希望我知道

盛怒片刻的訊息將死死糾纏
一遍又一遍
揭開瘡痂
請留意用詞。

請留意你的用字遣詞
在氣憤之時
在恐懼之時
在嫉妒之時
當它們即將衝出喉嚨時，以三個問題過濾：
我是認真的嗎？
這是事實嗎？
它是否傷人？

請留意你的用詞

它們能撲倒高牆

搭起橋梁

但也能輕易摧毀美麗的靈魂。

5. 成為

你總是在成為

你生來註定成為的人

在世界開始為你鑄模

熔入它而非你的樣板之前。

你總是在成長

她學會藏匿

學會變形

學會迎合人群

氛圍

和房間。

你總是在成為

每當你釋放

我希望我知道

僅僅多一點的她
來到這世界上
我總會想像大地之母
輕舒了一口氣
淡淡一吐
一點一點的變沉……

她就在這裡……

繼續成為。
繼續成長。

Chapter 2

了解你的價值，別忘了為自己增值

1. 訴說愛

一生中有許多令人畏懼的事
但我發現
最恐怖的莫過於

你來不及說出口的。

永遠要傾吐你的心意
向你所愛之人
彷彿那一句話
就是此生最後一句。
因為假若不如此
你將反覆想著這些字詞
極其痛苦的渴望著
用更好的字眼取代

用愛來取代。

告訴你所愛之人他們是奇蹟般
神奇而美妙
的存在。
不要墜入時間的陷阱
誤以為你還有時間說愛
時間並不可靠。

訴說你的愛
每一天
都訴說你的愛
無論如何。

2. 你將在那裡找到

你在鏡子裡、相片裡、衣服的標籤上尋找你的美麗。但實際上，你該從朋友的感謝訊息、他們在特殊日子或需要時寫給你的卡片、用淚水創造笑容的回憶中尋找。

我的朋友，你的美麗在於你如何觸碰和關心圍繞你的人們——在憂鬱日子裡開的玩笑、分享鼓舞人心的音樂——你在他們孤立無援時伸出援手，以愛、笑容和光明，編織出無形的網。無關榮耀與虛榮，卻遍及世界。

你將在那裡找到你的美好。

3. 笑

他們總說要愛自己
卻不告訴你該怎麼做
像是你覺得自己肚子太圓
或鼻子太凸的時候。
你在錯的時間說了錯的話
你似乎總是無法讓人開心
更別說是你自己。

該如何愛自己？
如果你有明顯的不足

你暗地裡
或是大聲的
嘲笑自己。

我希望我知道

那些說笑的時刻——
只有自己能聽見的笑話？
就笑吧。

你很有趣。

你很有趣，而你也知道
所以就笑吧。
這是自愛之旅的起點
使你每日成長和綻放
因為笑是最純粹
也最強大的能量
它將驅使你繼續向前。

從笑開始，其餘都會水到渠成。

4. 人生說明書

如果人生有說明書

我會每天翻閱

書中的每一步指示

關於我該如何找到自己的方向

我會注意每一條細則

我會深入字裡行間

絕不錯過任何部分

我會將它銘記在心

我會把它印出來，貼在

房間的牆上

它是通往完美的路

是逃離憂鬱的地圖

我希望我知道

它是一本融入社會的指南
也是一堂生存的大師課
教我如何能達到完美
的尊嚴和風度

它是一張通往接納的門票
展翅翱翔的自信
它是里程碑的指引
是每一扇門的鑰匙

假如人生有說明書
而我每天閱讀
或許我就不再需要如此努力
去尋找自己的方向。

5. 追隨缺陷

追隨缺陷、真實、混亂。追隨那些不修飾、不粉飾、不說場面話、直言不諱的人。跟隨那些接受自己，也接受你真實樣貌的人。如果其他人想把人生編輯到完美，那也隨他們去。

但跟隨愛自己的人，你才能學會用他們的方式看待自己。你將擺脫一輩子的痛苦，不再努力實現無人能企及的理想。他們將教導你如何做自己，如何喜歡自己。

Chapter 3

追尋那些愛自己的人，
這樣的愛會傳染

1. 雲霄飛車

這一生是你經歷過最浩大的旅程

一趟

竄升

急墜

鑽入

駛出

掠過

潛伏

的雲霄飛車。

喜悅的時刻

那些高潮

色彩鮮明

放開緊握安全桿的雙手

感受它們
讓它們進入心中。

失落的時刻
那些低谷
如災難性的恐懼
請緊緊抓住安全桿
感受它們
讓它們流過。

每一天都是新的彎道和轉折
但沒有任何事
沒有哪件事
能永遠停留。

就在你以為最糟的一刻永遠不會過去時
慢下來，欣賞風景

它會是美麗的景色。

這一生是你經歷過最浩大的旅程——

這樣也不錯。

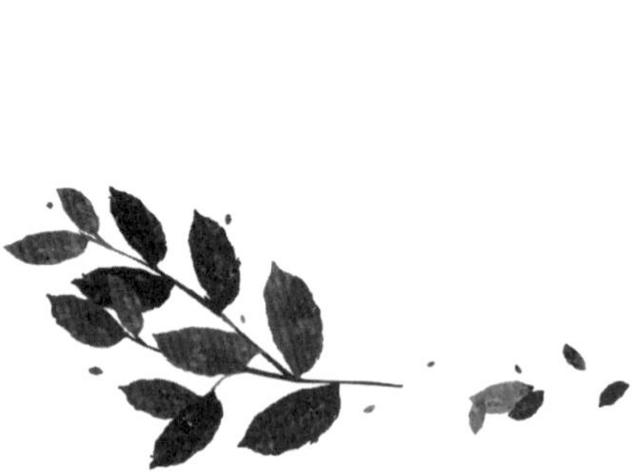

2. 我今天想你了

我今天想你了，但這不是什麼新鮮事
我昨天也想過數百萬次
我拿起手機想告訴你這個消息
然後我再次意識到，我無法傳訊息給你。

我看過你燦爛的笑容至少二十次
然後我才想起這都只是回憶
我恍惚的開著車，世界彷彿超脫現實
那首屬於你的歌響起，感覺也如此虛幻。

我今天想你了，但我總是如此
想念你多少有點幫助，因為這就是我的全部
我多麼希望能把你拽回身邊片刻
我害怕忘記你微笑的模樣。

我今天想你了，明天也會很想你
這樣的悲傷似乎沒有盡頭
我試著繼續前進，因為我知道你在意
我知道你在天外，盼我邁開步伐。

我今天很想你，但我正嘗試尋找
一種能繼續前行卻不把你落下的方法
一種能帶著我們的愛邁開步伐的方法
一種回憶你的方法，能單純的感受到

欣慰。

3. 愛並不從一隻玻璃鞋開始

愛不存在於鑽石裡
或雙人燭光晚餐
愛不是童話故事
並不從一隻玻璃鞋開始。

愛不需要任何金錢
或是陽光普照的假期
愛沒有任何條件
也不仰賴玩樂或歡愉。

愛來自日常片刻
像是一則「我想你」的訊息
愛是早晨的一通電話
給予你堅持的毅力。

愛是傾聽所有憂慮
為你的煩惱提供一雙耳朵
愛是不放棄
愛是對親密的渴求。

愛並不永遠浪漫
它愛嚷嚷，醜陋而真實
愛是一同破碎和茁壯
愛並不從一隻玻璃鞋開始。

4. 青青草原

其他地方的草原似乎總是更加翠綠。或許真是這樣，又或許那片草原根本不是真的？或許那片草原每天都有人悉心灌溉，又或許那裡的天氣適合生長。我想說的是，你的草地也已經夠翠綠。假如你更努力灌溉，每天讓陽光灑落，那麼一定會更加青翠。愛你自己的草地，在愛裡的一切只會越來越美好。

5. 你唯一需要的改變

從呱呱墜地那一刻起，你的身體就持續變化，變化會持續到你離開的那一天。

對抗變化是終其一生的苦戰，將帶來無比的苦難和悲痛。如果你能在人生旅途的初期，接受自己的身體，就能看見自己綻放，並自然而然的照顧它，免除各種有形和無形的痛苦。

你不是時尚潮流，也不是櫥窗的人偶，你是有血有肉、有骨骼和心臟的人，你原本的樣貌就已經很棒了。

親愛的，不用改變你的樣貌，改變你看自己的眼光就好。這是你唯一需要的改變。

Chapter 4

如果你對所見不滿意，就改變你看世界的方式

1. 你的光芒

你的光芒並不來自你的成功
也不由完美點燃
或是身材
或成就。

你的光芒不因名聲或認可而更加明亮
也不會因為周遭更璀璨的光芒
而瀕臨熄滅。

你的光芒只來自使你成為**你**的本身：
你在夜裡的憂慮
帶給你喜悅的旋律
反覆閱讀的書籍
珍藏於心底的回憶

你所愛的人和愛你的人。

你的光芒並不取決於你的外貌
或是表現
它就只是在那裡
純粹耀眼
只屬於你。

它會照亮你踏入的每個空間
無論你意識與否。

多麼的美好啊！

閃耀吧，小小鬥士
這個黑暗的世界需要你的光芒。

2. 我愛你的鞋子

當我說你的頭髮真美，我真正想說的是：「你的精神激勵了我的心，你的笑容帶給我溫暖。你笑的時候，我也被感染，就像是清新的泉水流過我的靈魂。當你在我身邊，我感覺像陽光灑在我身上；當你離開時，雖然傷心，我卻覺得自己充滿了電，注入脈動和生命力。」

最終，我只告訴你：「我喜歡你的鞋子。」希望你能明白我真正的意思。

3. 門

你的身體

你的臉龐

是通往你

的門扉。

門確實應該美觀

應該好客和溫暖

妝點一下也不錯

時不時的

更喜慶、有趣、熱情。

然而，一旦走進去

就沒有人在意這扇門了。

我希望我知道

你忙著感受氛圍
四處打量裡頭的
真實。

你想吃點東西、找點樂子、跳舞和大笑
你想聽聽故事、放點音樂，
深掘生命
你想要好好掌握
那家主人的本質。

這些永遠不會變老，或醜陋，或過時。

而你的身體、你的臉龐
只是通往你的門扉，僅僅如此。

真正重要的都藏在門裡。

4. 不知你是否知曉

我很好奇你是否知曉
你的身體今天和每一天
所做的一切

擊退多少疾病
有多少次幾乎崩潰，卻奮戰下去
有多少次可能倒下，卻咬緊牙關。

我很好奇你是否知曉
你的身體今天和每一天
所做的一切

每一天都是了不起的成就
卻沒有得到你的幫助

我希望我知道

沒有你的認同
和接納
也不得你善待。

它每日奮勇向前
無論負面情緒如何洶湧
從你的大腦脈動至細胞……
不夠好。
不夠魅力。
身材不理想。

是時候看見你的身體，誠然是
不可思議的高效機器
是乘載你靈魂到生命必經之地的船艦
使你存活。

不知你是否知曉

如果和你的身體站在同一陣線，是多麼美好。

我希望你知道。

5. 我走著

今天我和你並肩走著
選擇了更長的路線
抽出時間告訴你
我不曾訴說的事物
我輕聲對你說
淚水不時的氾濫
我向你分享我的祕密
那些你應該知曉的故事。

我把心意交付
在我們美麗的沿途
我不在乎時間
也不理會我今天的計畫
相反的，我來回踱步

我希望我知道

在髮間別上一朵花
帶你去看我們的那棵老樹
但這次我只是站立著注目。

今天我和你並肩
選擇了更瘋狂的路線
我提醒你那些瞬間
你的滑稽逗得我笑容滿面
我停下腳步嗅聞玫瑰的香甜
早在以前我就該這麼做
緊握那些特別的時刻
祈禱能有更多、更多。

今天我和你並肩走著，親愛的
我滿心痛楚
只希望我當初沒有
太晚才起步

走上那條較長的路

說出不曾脫口的事物

很抱歉我花了這麼多時間

才走到這裡。

Chapter 5

你的直覺就是你個人的
智慧語音助理，
請不要把它關掉

1. 我全都看見

我全都看見了

在我離開的那一天。

我看見家人

和摯友

如此失落。

我看見他們的痛苦

困惑

與震驚。

我看見我的惡魔

肆意

橫行。

我當然重要，我當然被愛

我在上頭並沒有過得更好

我希望我知道

只是意味著我能看到所有
而現在我也看見，我的存在一點也不渺小。

我的生命珍貴，我卻親手拋棄
我聽從黑暗的聲音和指引
如今卻重新發現
但願我留下來繼續努力。

所以現在的我從上方遙遙俯瞰
看著終生的痛苦傷疤
我將永遠留在我曾觸動過的那些人心中
但願我那時就知道我早已夠好。

2. 空白

空白的畫布：

誘人

未染

單純

完美

嶄新。

但只有作畫時才令人興奮，對吧？

當藝術誕生之時

當魔法釋放之際？

讓生命以它的美為你作畫

雀斑和妊娠紋

胎記和傷疤
和身體的各種曲線。

讓生命雕刻你
像你應成為的模樣
如此殊異
如此個體
如此唯一。

藝術何以受尊崇
如果它遍地可見
完全相同？

成為只有你能成為的作品
你就是曠世鉅作。

空白的畫布只是開始

而你已經踏上旅途。

3. 最糟的事

最糟的事不是變胖、變醜或變笨。最糟的是變得不特別、變得難堪或難以忍受。毫無疑問，最糟的事是被困在自我質疑的監獄，被不安折磨，害怕走出人生冒險，害怕世界看到自己真正的模樣。簡而言之，最糟的事就是變成別人的樣子，因為你天生就應該成為你自己。

4. 驚喜

人們喜歡你的原因

或許會讓你感到訝異……

不是你累積的榮譽

結交的朋友數量

或是收到多少邀請

也不是你表現得多乖巧或單純

或是多麼努力工作。

是你的笑聲，

是你被戳中笑點時發出的有趣聲音

是你思考時的表情

是你以為沒有人聽見的歌聲

和鏡子裡無意間的嘟嘴。

是你對自己的事展現熱忱
面對逆境時的決心

是你對有需要的人展現善意
面對動物時忍不住流露的柔情。

正是你那些不理性的恐懼和信念
即便沒有人懂
卻是屬於你的，因而重要。

人們愛你的原因
或許會讓你感到驚喜。

那些都是你無須努力爭取的東西。

5. 擔憂

是浪費美好的想像力。

假如你相信思想的力量

能創造未來

那代表你

幾乎就是

在期盼最糟結果。

所以，當憂慮充斥腦海

失序混亂時

將它們排成一列：

首先

是你真正應該擔心的事

而不是那些強加於你的社群媒體／新聞
（那樣的事根本不該排在這裡）。

第二
當下無能為力的事
就放著吧，明天再說
到時將有更清楚的思路。

第三
你改變不了的事
你犯過的錯
你懷抱的遺憾。

這個部分將永遠列隊等候
但如果你能夠把它們彈出太空艙，就這麼做吧

它們既無用，也無裝飾價值。

擔憂只是浪費你美好的想像力

請將它用在更精彩的事物上。

Chapter 6

了解你內心的聲音，
不是所有聲音
都站在你這一邊

1. 至關緊要

朋友固然重要，但你是否曾在獨處時感到快樂？單純因為活著而感到快樂。若是如此，你會知道獨處有多麼美好，比起和他人相處，寧願這一生花更多時間和自己相處。你將永遠不會對別人說太多話，而是每天對著自己訴說。所以，如果你的目標是快樂，就應該把和自己的關係放第一。朋友很棒、家庭很重要，但你**至關緊要**。這沒得商量，必須如此。和自己建立深厚的關係，永遠不要回頭。

2. 找到你的歸屬

他們人就在那裡，你知道的
只是等著被你發現或被看見
又或許就藏在顯而易見的地方？

當你找到他們
他們會立刻喜歡上
你本來的樣子。

因為他們是你的歸屬。

如何察覺你已遇見？

輕細的嘶滋聲
微弱的火花

如彼此間拉上拉鍊。

靈魂與靈魂相認。

別再試圖討好
那些看不見你價值的人
或許永遠也看不見。

別再試圖改變你的模樣
以免你的靈魂伴侶錯身而過。

找到你的歸屬
他們人就在那裡，你知道的
而他們也需要你。

這是化學反應。
感受他們。

3. 小小的勝利

小小的勝利
微不足道的事物
探尋萬物的綺麗。

深深呼吸
燦爛笑意
幫助彼此，盡心盡力

溫暖的飲品
柔軟的座椅
傳訊息表達關心。

溫柔的字句
快樂的閒敘

感受散步的風雨。

彩幻的夜燈
早眠的時分
找到一本合適的書。

熱水澡
舒適的短襪
將門鎖起，待在你安全的王國裡。

小小的勝利，
微不足道的事物，
探尋萬物的綺麗。

4. 保持溫暖

冷酷

觸不可及的人

有點冰冷

有點神祕

難以靠近

渴望

做壞事而非正義

只為了追求危險刺激

使人們倒抽一口氣

因此更加渴望。

冷酷取決於冰冷的心

這不難理解。

而我的人生不曾冷酷過
一天也不。

保持溫暖
這才是生命的可愛可貴。

溫暖的人會將你從谷底拾起
溫暖的人發現有趣的事會笑
不是對著你
只是和你一起
永遠和你一起。

溫暖的氣候孕育生命
和愛
和喜悅。

冰冷的氣候難以倖存

而你來到這裡是為了發芽。

5. 那會多麼美好

和喜歡自己的人相處

就像坐在暖和的春日裡

讓你的靈魂昇華，在虛擬舞池中旋轉

像你最愛的歌曲

最喜歡的甜食

和綿密的擁抱，全都融合為一。

理由很簡單

喜歡自己的人不會批判

不尋找缺陷

也不過濾你言語中透露的弱點

他們學會不那麼做

自然的接受自己，所以

也會接受你

我希望我知道

接受你的真實樣貌
他們更看見你閃耀
以你應被看見的方式。

這是振奮人心的體驗
帶來全新的能量
而你應該更努力追尋，我的朋友。

一段時間後，或許
只是或許
你也能成為喜歡自己的人
能為其他有需要的人帶來陽光。

那會多麼美好。

Chapter 7

假如你尋找缺陷，
就會看見缺陷；
假如你尋找美好，
就會找到美好

1. 認識自己

他們說，要認識自己
莫受蠱惑而迷失
但每天的我都有變化
該如何知道自己是誰？

有時候我是智者
為別人提供解答
有時候我很堅強
挺身而出領導大家

其他的日子我確信
如果風太過強勁
我會像玻璃一樣碎裂
成千粉萬塵。

我希望我知道

那樣的日子我畏怯
我逃避整個世界
等待內心的孩子
盛開與舒展。

每一天我都驚喜發現
映入眼簾的嶄新事物
嶄新的面向
發現我的複雜性。

所以當這一切融合為一
該如何認識自己？
我們只能決定
愛著任何樣貌的自己。

2. 相機會騙人

假如你曾拍攝月亮或日出，卻挫折的發現拍不出預期的美感，那麼你就會知道，相機只不過是反映人眼所見。

相機無法好好傳達我們感受到的美。同樣的，你的美會映照在愛你的人眼中，這正是你覺得照片中的自己不真實的理由。你的美無法為相機或濾鏡所捕捉，而是存在於你散發出的能量、魔力和光芒。這些都只屬於你自己，無論相片看起來如何，你的美依然存在。相機會騙人，又或許，相機只是無法理解真正的你。

3. 這不是比賽

不要被愚弄而以為
應該追尋他人的生命軌跡
以為智慧會降臨
幫你選擇最完美的職業。

不要因催促而感覺
自己時日無多
覺得救星會出現
於生命之火黯淡之前。

不要在二十多歲時擔憂
屬於自己的時刻尚未來到
你還不知道
你內心深層渴望的答案。

三十多歲時也不需要
急著勾選人生清單
不是每一扇門都會打開
無論你再怎麼用力期盼。

四十多歲時你會發現
你通過的那些門
正是你應該走的
那條道路正適合你。

隨著歲月流逝
當你回首自己的故事
會突然發現
你的人生一直走在正軌。

不要被愚弄而以為
每個人的路都一樣

你無須走別人的道路

你來，是為了改變遊戲規則。

4. 你所不能見的

讓我為你展現你無法親眼看見的東西
因為有些事物只在
時間的考驗下浮現。

以下都不重要
衣服。
珠寶。
追蹤數。
邀約。

以下是重要的
走向世界
不受想遮掩你光芒的人影響
不受看你閃耀便想抹去的人影響。

不受因你發光而不安的人影響。

別讓他們告訴你該帶給世界什麼
只有你自己知道
答案不在手機裡
或是最新貼文的觸及
它在你心中
的最深處
在你的每個細胞裡
只要你願意
就能越來越好。

讓我展現給你
你尚且無法親眼看見的
你非常出色
一如現在

你永遠無須他人認可

只要自己認同。

5. 如此奇妙

如果你給予認同
他們便會如花一般綻放
這是科學
有些奇妙。

如果你不斷告訴某人
他們美好而獨一無二
他們便會相信
也因此
整個世界都會相信
那人將前行
展現自己的獨特
展現這份禮物。

所以，別再告訴這世界你不具備什麼
請開始展現你擁有的一切。

相信人們會看見你的美好
因為他們必然會看見
只要你展現。

我的朋友，歡慶你的獨特
使它們更加美麗
以認可的力量
驅使自己
更加強大。

這是科學，
偏又如此玄妙。

Chapter 8

在你的故事裡
你是英雄，
我們都為你歡呼

1. 沒有人告訴我

沒有人告訴我

我會如此頻繁的看到你的臉

眨了眼才發覺是其他人。

沒有人告訴我

試著回想你確切的笑聲

竟讓我徹夜難眠。

沒有人告訴我

我會頻繁的伸手拿起手機

卻又心碎的放回去。

沒有人告訴我

你是我的左和右

我希望我知道

是我的方向和理由
是我的清晨和夜晚。

沒有人告訴我
你的人生就像我腦中杜撰的電影
我不斷找尋其他看過的觀眾
只為了片刻感受你的存在。

沒有人告訴我食物會失去味道
空氣會缺少氧氣
而我會如此的
思念你。

我如此
思念你。

沒有人告訴我。

2. 你的禮物

每個人出生時都有著獨特之處
一份只屬於我們的禮物
或許是天賦、特質，或是看待世界的方式
或許是在黑暗中尋找光明的能力。

這份特殊的小禮物將帶著你
走向你腦海中夢想的地方
它將為你敞開大門，迎接欣賞你的靈魂
它將為你收穫喜悅，驅逐恐懼。

然而你必須萬分小心
在你試圖尋找自己的禮物之時
許多人窮極一生卻徒勞無功
如此吃力不討好的追逐只會帶來裂痕。

我希望我知道

你要知道，你的禮物未必顯赫宏大
並不一定是腳程飛快，或是能拯救生命
也不總是嘹亮的歌聲或輕快的舞步
有時候它只是生活中一道微光。

你的禮物或許是一抹色彩
是穿透烏雲的陽光
也可能是能讓人感到平靜
或撫平他人混亂的一天。

你的禮物或許是傾聽的雙耳
陪伴渴望被關心的人
也可能是從宏觀世界看見微觀
相信我們都是一體。

你的禮物或許是你分享的熱情
和其他本不與你相投的人

在世界傳播藝術和音樂

改變他們的心靈。

所以，請花時間探索內在

看看是否珍藏了一份小小禮物

任它釋放，帶著愛展現出來

你的禮物將永遠與你同在。

3. 綻放

開車經過農作物茂盛生長的夏季田野，一片均勻的鮮黃，總會讓我想到，大自然並不會這麼做，人類才會。大自然總是隨意撒下種子，讓一切按其秩序發生。

你是否曾經走進遍地野花的草地，注意到各種形狀、顏色、大小和特性。那是混亂卻生機蓬勃的景象。那是自然，有些瘋狂失控，充滿各式各樣的生命。你，我親愛的小花，也是其中不可或缺的一分子。永遠不要覺得，自己必須成為農作物的種子。你是一朵花，草原上的一朵花。讓微風把你吹到該去的地方，然後盛開，綻放吧。

4. 谷底

當你跌入谷底

你會知道

這裡就是最低處。

知道這一點能帶來些許慰藉

因為你已看過最深沉

最黑暗

的谷底。

當你與冷硬的地面相撞，坐在那裡

你會有一些選擇。

你可以留下

或是將此處視為地基

向上打造
堅固穩定的地板
讓你的新城堡拔地而起。

假如你很聰明
可以讓這片谷地成為地基
不斷向上建造。

而即便跌跌撞撞
你也將永遠不再觸底
因為你為自己打造了向上的階梯。

關於谷底的真相，是它的堅實
正是宏麗的建築所需，

努力向上建構吧。

5. 夢

我不認為夢會隨機產生，
我相信夢是故事
由內心不被看見和聽見的你
執筆。

是許多年以前退縮的你
被世界宣判
「太過」或「不足」的那個你。

或許，當你雙眼緊閉
軍事化的大腦關機
他才取出筆開始書寫。

這些故事提醒你，你是誰

和你曾經歷了什麼。

這些故事警告你，你身處危險
卻不自知或毫無防備。

這些故事將喚起某些感受
使你應用於今日。

又或許有時候，他只是想娛樂你
讓你發笑
多麼被低估的禮物。

留意你的夢境
我不認為它們只是隨機。

我相信它們是來自靈魂的訊息。

Chapter 9

你握著筆，
能決定這個章節
該如何結束

1. 點燃火焰

無論你犯過什麼錯

無論對人生有多麼失望

願你永遠不會

就此撲滅火焰。

但願你永遠不會成為

潑水澆熄

他人微弱火焰的人

他們是如此努力讓火焰繼續燃燒。

無論你犯過什麼錯

無論對人生有多麼失望

願你永遠不會成為

使人失去自我

我希望我知道

使人隱藏獨特
使人逃離這個世界的原因。

我真心為你禱告
誠然
最痛苦莫過於
小小的火苗熄滅
而世界又如此迫切需要更多
光明。

你有點燃他人火焰的力量
或是將其撲滅。

永遠不要選擇後者。

2. 就說出口吧

有些人

是透過自己的痛苦聽你說話

透過他們的防禦壁壘

透過缺乏安全感的戰壕。

有些人

是透過自己所受的教導

來過濾你的話語

或從他選擇的信念

判斷你正確與否。

有些人

永遠不會同意你的觀點

或是理解你的看法

因為他們看待人生的方式不同。

這也沒關係。

就說出口吧。

不要期待認同
或激昂的回應。

改變需要時間
甚至永遠不會發生。

但這也沒關係。

就說出口吧。

3. 你是幽魂

悲傷的過程中有個階段
彷彿你的靈魂也離開你的身體。

彷彿它動身尋找
你在虛空中失去的那人。

你四處走動
做所有正確的事
一步步前行
活著
但其實
你只是幽魂。

或許你是。

或許你的靈魂會不停尋找
直到找到你失去的
然後他們要你回頭，好好活著。

所以當麻木褪去，勇敢的孩子
或許是時候聽他們的話
回頭，好好活著
加倍努力的生活。

你還不屬於那片虛無
也無須找尋失物
他們會來找你。

他們會找到你
而在那個時刻
你會感受到。

4. 夜晚

夜晚危機四伏
黑暗似乎隱約照亮
白晝的光芒所隱藏的一切。

它們從床底湧出
糾纏你，嘲弄你。

它們是你希望收回的話語
是你希望說出口的想法。

它們是你沒能做到的事
是你犯下的彌天錯誤。

過去的怪物

和未來的惡魔
都在夜晚現身
驅逐睡夢帶給你的平靜。

夜晚詭計多端
但假如你早早學會
把燈打開
一切都會離去。

只不過，開關並不在你的牆上
也不在你的床邊。

是在你的腦裡。

你隨時都能打開
在任何你需要的時刻。

所有的怪物和惡魔，恐懼和憂慮

都慌忙躲避你照耀的光明。

任何時候。

任何時候。

5. 自我價值

不要把自我價值放在會變動的事物上，例如數字、洋裝尺寸、某個人，或是某種才能。自我價值是你擁有最珍貴的事物，應該好好守護，牢牢固定在最堅固的東西上。不可動搖的東西。親愛的，好好培養你的自我價值，將它與你的內在、你的靈魂和你的本質緊緊焊接在一起。給它不斷成長的空間，但不要讓你以外的人觸碰。

永遠都不要和任何人分享你的自我價值。假如他們也想培養自我價值，你只能透過引導、指引方向、樹立榜樣來幫助他們。不要把自我價值放在會變動的事物上，因為這是你擁有最大的資產。

Chapter 10

是你的不完美幫助你，吸引你真正需要的人

1. 那些等了又等的人

等待是危險的遊戲，因為永遠無法保證，時機會有成熟的一刻。如果我們每個人都知道自己能擁有多少時間，或許還可以嘗試。但我們並不知道。所以請明智的花費時間，我的朋友。用在休息、快樂、陪伴和善待他人的時光，永遠不會是浪費。

至於其他事情，做就對了。你不會後悔嘗試過但失敗的事，但你會後悔花了一生的時間等待。就讓那些等待的人去等，而你，還有一生要過。

2. 大建築師

是的，你覺得支離破碎
找不到拼湊自己的方法
但請聽我說
你會再次崩潰
再次擁有相同的感受
而唯一的好消息是
你一定會再次站起來。

你一定會重整自己
你一定會重新建造
每一次的破碎
你都會變得更堅強一些
你用來修補自己的膠水會更加牢固
這是你的智慧。

我希望我知道

越是碎裂
你就有越多選擇
要保留哪些部分
又要把哪些留在地上。

你的每次重建都更加明智
精簡
你開始設計自己的建築。

我的朋友，你現在感覺破碎
我懂
你確實是
但你會拾起碎片
以更好的模樣回到我們身邊
即便你早已經夠好了。

不要害怕人生的裂痕

它和呼吸一樣，都是生命的一部分。

成為大建築師吧。

3. 你也應該如此

每一天你都勇敢面對世界

儘管你如此迫切

渴望的

是躲藏

我以你為傲

你也應該如此。

當你每一次放下

過去

即便你真正想的

是緊緊抓牢

我以你為傲

你也應該如此。

我希望我知道

當你每一次敞開心房
即便知道愛
會深深傷害
我以你為傲
你也應該如此。

每當你從陰影中
透露
多一點自我
我以你為傲
你也應該如此。

勇敢有許多形式
而你每天都表現出這一點。

我為你感到驕傲
你也應該如此。

4. 光明帶來光明

有時候你的光芒會變得黯淡

當你身處匱乏

連自己的需求也無法滿足

遑論他人。

那樣的日子裡重要的是

向別處

追尋更多光明

它是免費且隨時可以取得的

你只要開口就好。

也會有些時刻

你的光芒滿溢

如此豐盈

讓你不得不像彩紙般拋撒
讓一切都染上美麗
就這麼做吧。

你或許會覺得，自己必須囤積光明
才能在黑暗的日子裡溫暖自己
但能量並非如此運作。

有能力時就給予

需要時就拿取

循環才能持續。

光明能帶來光明

永遠不會停止。

所以，接受雷雨天裡的光

當你成為光芒

請沐浴這乾涸的世界。

光明會帶來光明

5. 更多

你浪費許多時間擔心自己不足，但其實你不僅夠好，而且比好還要更好——比你自己所能看見的、想像的都還要更好。

你還有太多東西尚未發現，而你還需要花很長一段時間來自我探索。你浪費了許多時間，擔心自己不夠好，你本來能花一點時間，看看自己做了多少，或是更深入的挖掘自己的美好。我的朋友，你不只已經足夠，你比足夠還要更好。還要更好太多。

Chapter 11

用衣服的尺寸
衡量自己的價值，
就像要求太陽開口唱歌

1. 假如你努力

假如你有所追尋
就力爭更堅定的心志
當周遭的人都沉淪
於人性的陷阱
堅持你的信念
堅持你的善心。

假如你有所追尋
就力尋同理心
每一天
對抨擊和傷害你的人也不例外
其實他們往往最需要。

假如你有所追尋

我希望我知道

那就致力於認識自己的新面貌
以及這個世界的新事物
因為探索永無止境。

假如你有所追尋
任何目的
那就努力追尋真理
追尋和平
追尋善良
追尋樂趣
追尋冒險
追尋喜悅
追尋智慧。

但請永遠不要努力變得和大家一樣。

確保永不為此奮鬥。

2. 女性的身體

女性的身體從來不需要光滑、緊緻或完美無瑕。它被設計的目的，是為了創造生命、容納生命、滋養生命。是的，每個人都有許多令人驚嘆的一面，但在我們努力維持「身材」的背後，這個問題涉及了整個遺傳學、科學原理和人類的演化進程，這個過程需要創造、儲存並產生脂肪，以保護自己，維持荷爾蒙正常。

假如你在瘦身的鬥爭中敗退，也不要有一絲一毫的自責。你想做的無異於改變風吹的方向。好好滋養的身體、心理和靈魂，並好好透過承載著生命的身體活著。生命只有一次機會，和平、笑聲和接納才是最棒的良藥。

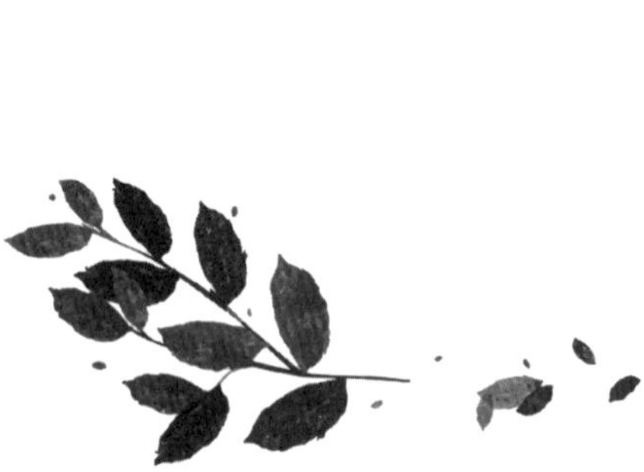

3. 狠心與憎恨

當世界第一次讓你心碎時
那樣的震撼難以承受
你很快的學到
生命殘酷又不公平
於是你開始變得狠心。

當世界再次讓你心碎時
你對自己
沒預見它的到來
感到憤怒
於是你開始憎恨自己。

隨著生活繼續，每一次的心碎
都讓你變得

更加狠心、更加厭惡

因為狠心，所以生恨
因為恨意，所以狠心

你甚至沒有意識到
自己對自己的殘酷
所帶來的痛苦
遠超出這個世界加諸於你的。

該如何終結這樣的循環？

放下身段，然後去愛。
因為愛，身段更加柔軟

其實你明白
痛苦總會來臨

但我們無須讓它更糟

無須隨它起舞。

4. 或者，你可以就這麼活著

你會希望自己的身體擁有更多
或是更少
你會希望自己的身體改變
或不。

從現在起
你會對自己的身體充滿期望
直到離開這個凡塵軀殼的那天。

而未來某一天
你必定會回首過去
並意識到
你的身體本就是它該有的模樣
它盡全力的成為你

為了你努力。

而你那時會希望
只有一次也好，你曾告訴身體：
我全心全意接受你此時此刻的模樣。

假如你曾經這麼做過
或許就不會終其一生
都期盼著自己其實並不需要的。

而你真正應該期盼的是
接受的勇氣
擁抱的力量
看清事實的智慧
真正明白自己所擁有的。

對於自己的身體

你當然會懷抱許多期待。

但或許你可以只願身體健康

就這麼好好活著

不完美卻美麗。

5. 關於悲傷

悲傷不只是失去摯愛
而是被拋棄
殘酷的領悟到：
所有人都會離我而去。

它是對付出真心和靈魂的恐懼
害怕全心全意去愛
最終卻被對方拋下。

悲傷不只是失去摯愛
它是對再愛一次的恐懼
以防又一次失去。

它是我們築起的城牆

卻沒有意識到，所謂保護
隔絕了心真正所需的愛。

但事實是
愛並不會消逝
也不會遺失
愛是恆久的存在。

即便所愛之人已經不在
你仍然深愛他們
永遠都是。

還有一件事
他們沒有離開你
沒有真正離開
你知道這是真的。

傾聽、感受、關注，他們現在就在你身邊

永遠與你同在。

悲傷或許就像身體還活著，靈魂卻已漸漸死去

但我的朋友，你還活著。

他們已經離開，也不希望你隨他們而去。

他們非常盼望你能活下去。

Chapter 12

魔法隨時都可能發生，
你只要相信就好

1. 友誼是

當你失敗或跌倒

當你滿臉狼狽的淚水和鼻涕時

知道有人會陪在你身邊。

友誼是知道他們會問你兩次

你**真**的還好嗎？

且不接受敷衍的答覆

因為他們知道你過得並不好。

友誼是在最糟和最好的時候

都出現在你面前

且他們明白何時的陪伴最為重要。

友誼是建立彼此的自信

並意識到對方允許你這麼做
這是無比珍貴的禮物
永遠不要濫用這樣的禮物
於善良以外的地方。

友誼是彩虹的每一種顏色
以及其他所有色調
好的、壞的、醜陋的、輝煌的
受到喜愛且耀眼的。

友誼是當對方用繭包覆自己時
你仍耐心等待他們破繭而出
並準備好接受他們的變化
知道他們在你心中的美好依舊。

友誼是禮物、是祝福、是喜悅。

成為你希望擁有的朋友

也成為自己的朋友。

2. 你無法逼迫別人愛你

如果他們本來就不愛你

你無法逼迫別人和你的靈魂產生共鳴
這不是我們能控制的。

你也無法改變自己，來換取別人的愛
愛不是這麼運作的。

有些人會愛上你，有些人則否
背後原因或許我們永遠不會明白。

你能做的
就只有帶著愛意
愛那些愛你的人

讓不愛你的人離開。

原諒他們看不見你
原諒他們沒有意識到眼前的美好
原諒他們沒有成為你心中想要的樣子。

原諒他們並不愛你。

並發誓要更愛自己，以填補這個空缺。

你無法強迫任何人愛你。

但你可以確保自己不變成那樣的人
無視眼前美好的人。

這才是你能控制的。

而你也能確保自己得到足夠的愛。

這才是你能控制的。

3. 不要墜入愛河

如果可以，請你努力
不要墜入
愛河。

墜落使人受傷

如果可以，請你努力
飛向愛情

展開你的雙翅翱翔
讓感受將你托入
雲霄
到天空中的制高點
因為愛情就該如此。

但永遠謹記
你擁有飛行的雙翼
別讓任何人剪斷它們
或是讓它們失靈、被破壞。

如果可以
請你努力
不要墜入愛河，親愛的。

你可以飛向愛情
那是你與生俱來的能力
你也能從中飛離
在必要的時刻。

永遠不要墜落。

4. 演算法是有效的

請取消追蹤那些讓你覺得自己沒有價值，或是會讓你感到自卑的社群帳號，轉而追蹤向你展現真實、原始，雜亂卻繽紛的事物。

如此一來，社群網路之神會將大量、相似的內容淹沒你，讓你看見嶄新、能滋養靈魂的動態。人生亦是如此，同樣的過程。

取消追蹤會讓你感到情緒低落的事物，追蹤能使你振奮的，宇宙之母才會帶給你所需的一切，幫助你成長、綻放，發揮潛能。就這麼簡單。

5. 家庭

家庭並不總是血緣關係

並非總是傳統

也絕不總是簡單。

家人是任何讓你感到安心的人們

而不是與你開始生命旅程的人。

家人是所有人都值得擁有的禮物

假如你沒有

可以自己打造

可以自己找到。

家庭存在許多形式

往往很難一眼看清

卻能清楚的感受到。

家庭並不總是漂亮或簡單
卻充滿寬容與關愛，
假如你的家庭並非如此
你能選擇改變它。

家人是羈絆
即便你有時會覺得
自己需要掙脫這個束縛
那也沒有關係
但請記得回家的路
家不是一個地方，而是一種感受
而地圖就在你的靈魂裡
和心中。

家庭並不總是血緣關係

並非總是傳統

卻永遠關乎愛。

這是唯一的標準。

Chapter 13

掙脫束縛，
有時會看似崩潰瓦解

1. 吐氣

你知道嗎？你的肚子不應該是平坦的，理應是圓的。它是寫在你基因最深處的存在：每個細胞、每條肌肉結構，都設計成曲線，用來保護內部的珍貴藏品。這就是創造我們的藍圖、設計和結構。

就像你不可能決定讓自己的耳朵變成正方形。放鬆你的肚子，這樣很美，無須隱藏。放心吐氣，現在……感覺很棒吧？

2. 讚美體態

讚美體態
並將其視為美麗的原因
宛如內心的劇毒
因為這暗示著美麗
是流失脂肪
它讓我們看起來健康
卻不顯苗條
我們該如何是好？

永遠不要變得太瘦
不要讓自己顯得憔悴
但也不要變得太胖
那樣毫無性感可言
你必須維持原本的樣貌

並訓練自己的大腦接受
身體無法再進化的事實
這是你必須解決的科學問題。

每天攝取五種蔬果
但別讓這成為束縛
失去吃零食的選擇與快樂
人生應該少些累贅
才能保持體重不變
繼續保持美麗
胖與瘦皆非正解
因為你總難討好全世界。

3. 我希望你能找到這樣的人

我希望你能找到符合你所有標準的人，能達成你心目中各種神奇要求。我真的誠心希望，你能找到值得的，且能看見你真實面貌的人，即便擁有一切財富，也不會放棄你。

我希望你能找到這樣的人，我的朋友，但最重要的是，我希望你能先在自己身上找到這些特質。這會讓一切簡單許多，就像鋪設道路或建立格式，能讓後續的事情更順利。先用你希望的方式愛自己，其他的事自然水到渠成。

4. 我知道

我知道你為何想要躍入
從所謂輕鬆的生活
躍入鯊魚池。

我知道你為何認為牠們的牙齒
比你現在經歷的痛苦更慈悲。

我知道你為何尋求遺忘
尋求一場生死決鬥。

我知道為什麼

但我也知道
就在那一瞬間

我希望我知道

你曾渴求的利牙咬下的瞬間
你緊閉的眼皮內側
將開始播放一部電影
一部充滿愛的電影
播放著純粹喜悅的時刻
當你還是主角時
無法看見的電影。

但現在看來值得
一切都非常值得。

我知道你會奮戰
用盡全身的力量
不讓鯊魚再次逼近
爬回乾燥的陸地
然後再試一次。

Chapter 13　掙脫束縛，有時會看似崩潰瓦解

我知道你為何想要一躍而入

但也知道你將奮力游泳

你將不斷游下去。

5. 當某人離去

當某人離去

你可以將他們帶回來

片刻

透過談論他們

透過畫筆

用回憶和言語

將它們的精髓

重新喚回

但只有短暫的瞬間。

當某人離去

你能再次看見他們

約一兩分鐘

透過成為他們曾經的模樣

我希望我知道

透過將他們最美好的特質
流露在你身上
形塑你的言語
你的思維和行動
讓他們返回這個世界。

當某人離去
你可以再次感受他們
片刻
播放屬於他們的音樂
哼唱他們喜歡的樂曲
忘形於旋律中
這些曾經賦予他們生命的歌
如今也能重現。

當某人離去
你可以讓一部分的他們活著

賦予你對他們的愛
一個生命中永恆的位置
一個餐桌邊永恆的空位
和你書中最輝煌的篇章。

故事永不死去
請繼續述說下去。

Chapter 14

展現你真實的樣貌，才能算是真實的活著

1. 治癒

我真心的懇求你好好治癒自己，拿回被奪走的力量，糾正錯誤，殺死惡魔，並打開你緊緊闔上的潘朵拉之盒。

人生只有一次，親愛的，你值得讓它變得更美好。你值得知道，擺脫他人施加的痛苦是什麼感覺。而尚未痊癒的每一天，都是在延續你無須承受的循環。我的朋友，假如我只能拜託你一件事，那就是治癒自己吧。

要如何開始？只要意識到自己有多麼殘破不堪，以及你有多麼勇敢，這就是打開箱子的鑰匙。轉動鑰匙，雖然一開始會有一點痛，但你早已熟悉痛苦。

痛苦不會增加，只會減緩，只要你開始治癒自己。

2. 保持簡單

讓你的生活

保持簡單

你能做的就這麼多

簡單的事物能滋養心靈

當壓力的浪濤洶湧而來

不斷衝擊你的城牆

保持簡單

你能做的就這麼多。

正是簡單的日常

在推著你前進

看看四周

享受當下

放輕鬆

我希望我知道

當憂慮的狂風怒號
襲捲你搭建的城堡
休息片刻
感受你的心跳
保持平靜

讓你的人生
保持簡單
你能做的就這麼多
簡單的小事將帶給你喜悅
即便黑暗和恐懼的狼群
開始在你心中嚎叫
保持簡單
你能做的也就這麼多而已。

3. 章節

在你的故事裡
這些時刻都只是章節
甚至是段落。

沒有什麼能永恆不變
只要你不允許
也沒有什麼能定義你。

讓故事裡的女主角（也就是你）保持流動
讓她跌倒
讓她成長
讓她破碎
也讓她漂流。

我希望我知道

一句一句的書寫
一頁一頁的翻閱
繼續破碎
也繼續成長。

她是真正的五次元角色
期待她將走向何方。

我們都支持她
而她的旅程還沒結束
遠遠沒有。

在你的故事裡
這些時刻都只是章節
甚至是片刻。

不要誤以為那就是結局。

4. 疲憊

你感到疲憊、破損、倦怠和不堪
人生試圖撂倒你
一波又一波的浪潮肆虐
你生怕自己溺斃。

你殘破、傷痕累累、疼痛又鮮血淋漓
黑暗即將降臨
你熟悉的生活似乎遙不可及
這個階段彷彿永無止境。

你感到疲憊、破損、倦怠和不堪
難以看見光明
每一天都無比漫長，歡樂時刻稀少
夜晚壓得你喘不過氣。

你殘破、傷痕累累、疼痛又鮮血淋漓
但別忘了，親愛的
你以前也曾如此落魄，甚至更痛苦過
也還沒有被擊敗。

你感到疲憊、破損、倦怠和不堪
你知道事情會如何發展
你會找到內在力量的泉源
你會朝著更美好的日子奮勇游去。

5. 悲傷

抓住悲傷的肩膀，用力搖晃，直到它想起自己來自何方，又由何組成。展現給悲傷看，讓悲傷明白，它其實只是愛——然後把它送回它的來處。讓悲傷回到它的根源，提醒它，愛是全心全意、包羅萬象，且永恆的。抓住悲傷的肩膀，用力搖晃，直到它再度變成愛。因為愛是悲傷的起源，愛是悲傷的起源。

Chapter 15

牽起悲傷的手，
溯回它的源頭，
那就是愛的所在

1. 抗老

抗老乳霜、藥丸和藥水

抗老面膜、磨砂和乳液

敷在皮膚上，潤去歲月的皺褶

輕拍眼角、脖子和耳後

也別忘了雙手，它們會洩漏你的祕密

會反映出你辛苦耕耘的歲月，所以請藏好

保持纖細的身材和皮膚的彈性

假如你太熱愛陽光，還能求助整形

但別顯得經過加工，那樣不對

你的年輕應該全天然，你必須與老化抗爭……

又或是

你可以就這樣老去，展現生命刻下的痕跡
你大笑和活過的日子，你未曾挨餓的日子
老化並非女性該逃避的
它是時間和年月的禮物，有些人卻不懂享受。

而大地之母知曉歲月的美麗
用愛在我們身上作畫，如果我們願意直視
皺紋裡蘊藏智慧，銀髮閃耀如星光
這是成長和愛的證據，是值得分享的故事。

所以讓我們一起變老，愛我們的皮囊
保護它、餵養它、幫助它，但請讓老化勝出
因為生命力的奧祕就在於
接受你的旅程，使身心繁盛。

2. 當煙火落下

當你疲累得無法入眠
枕頭堅硬如鉛
當你內心的憂慮
如煙火般在腦中紛飛
當你的骨頭彷彿鋼鐵
肌肉抗拒移動
內心麻木又塞滿了
這世界醜陋的真實。

在你無法安頓的夜晚
整個星球似乎冷冽刺骨
讓我在煙火間漫步
讓我鼓起勇氣
我會將煙火抓住

我希望我知道

安全的藏在你的床底
我只會留下美好的念頭
讓它們飛舞。

當你的身體不願繼續
靈魂渴望休息
別忘了我總是在那裡
我很樂意成為你的勇氣
你活著不是為了孤獨
所以當你停滯不前時，我會接住你
我也答應你，當煙火落下時
我會讓你接住我。

3. 你不會只失去某人一次

你一次又一次的失去他們

有時會發生在同一天

當你短暫忘卻

的失落

浮現

從背後襲擊你

當意識到這一點，新的悲傷浪潮襲來

你發現他們

又再次從你生命中消失。

你不只會失去某人一次

每天清晨睜開眼睛，你就會再失去一次

而當你醒來

你的記憶也是

我希望我知道

撕裂你內心的痛苦電流也是
你發現他們
又再次從你生命中消失。

失去某人是一段旅程，而不是一個瞬間
失落沒有終點
唯有學會漂泊
在浪潮襲來之時。

請善待那些在洶湧大海中航行的人
他們還有漫長旅途要走
而每當他們意識到
對方又再次從生命中消失
足以讓每一天的內心崩潰。

Chapter 15　牽起悲傷的手，溯回它的源頭，那就是愛的所在

你不只會失去某人一次

你每天都會失去他們

這一生都如此。

4. 不要往那裡去

她和老師們談過
他們要她坐好
等輪到她時
再有禮貌的發言。

她和父母談過
他們要她再試試
永遠不要放棄
努力爭取、奮鬥下去

她和朋友們談過
他們要她改變
表現得更像他們
不要再那麼特立獨行。

我希望我知道

她和自己談過
想知道出了什麼問題
為何我無法融入？
為何我沒有歸屬？

最終
她的疲憊達到極限
她失落的漫步
走進夜晚中。

她和月亮談過
而星星讓她看見
自己已經夠好了
為何不做自己就好？

你閃耀著生命
充滿了活力

Chapter 15　牽起悲傷的手，溯回它的源頭，那就是愛的所在

又何必擔心

是否需要融入？

你是由純粹的陽光構成

有太多可以分享的

別走上同一條路

不要往那裡去。

致謝

感謝你，我的生意夥伴馬可．弗伊（Marc Foi），謝謝你在我的夢想還只是夢想時，就願意相信我；謝謝黑與白出版社（Black & White Publishing）的團隊，給了我進一步實踐夢想的機會。謝謝珍妮（Janey），你總是如此善良的幫助其他女性，攀登上她們應得的位置；謝謝你，我的姊妹南妮特（Nanette），你是我最大的啦啦隊和最實際的評論者。謝謝你，珍妮．索頓（Jennie Sawdon），你教我如何愛上自己。

謝謝你，我的母親，你是我最嚮往的女性榜樣；也謝謝你，我美麗的琳恩（Lynn），你向我展現你的悲傷，讓我得以幫助更多人；謝謝所有分享我的文字的讀者們，你們讓我得以發聲，我永遠不會放棄用文字帶來更多美好。

國家圖書館出版品預行編目（CIP）資料

我希望我知道：最激勵人心的便利貼，願成為你身處黑暗時的小小亮光。英國最暢銷詩人短文集。／唐娜・阿什沃特（Donna Ashworth）著；謝慈譯 . -- 初版 . -- 臺北市：任性出版有限公司 , 2025.06
256頁；13 × 21 公分 . --（drill；28）
譯自：I Wish I Knew

ISBN 978-626-7505-70-0（平裝）

873.51　　114003175

drill 028

我希望我知道

最激勵人心的便利貼，願成為你身處黑暗時的小小亮光。
英國最暢銷詩人短文集。

作　　者｜唐娜．阿什沃特（Donna Ashworth）
譯　　者｜謝慈
責任編輯｜張庭嘉
校對編輯｜楊明玉
副 主 編｜連珮祺
副總編輯｜顏惠君
總 編 輯｜吳依瑋
發 行 人｜徐仲秋
會 計 部｜主辦會計／許鳳雪、助理／李秀娟
版 權 部｜經理／郝麗珍、主任／劉宗德
行銷業務部｜業務經理／留婉茹、專員／馬絮盈、助理／連玉
　　　　　行銷企劃／黃于晴、美術設計／林祐豐
行銷、業務與網路書店總監｜林裕安
總 經 理｜陳絜吾

出 版 者｜任性出版有限公司
營運統籌｜大是文化有限公司
臺北市100衡陽路7號8樓
編輯部電話：（02）23757911
購書相關資訊請洽：（02）23757911　分機122
24小時讀者服務傳真：（02）23756999
讀者服務E-mail：dscsms28@gmail.com
郵政劃撥帳號：19983366　戶名：大是文化有限公司

香港發行｜豐達出版發行有限公司　Rich Publishing & Distribut Ltd
地址：香港柴灣永泰道70號柴灣工業城第2期1805室
Unit 1805, Ph. 2, Chai Wan Ind City, 70 Wing Tai Rd,
Chai Wan, Hong Kong
電話：21726513　　傳真：21724355
E-mail：cary@subseasy.com.hk

封面設計｜林雯瑛　　內頁排版｜黃淑華
印　　刷｜韋懋實業有限公司

出版日期｜2025年6月初版　　Printed in Taiwan
定　　價｜新臺幣420元　　（缺頁或裝訂錯誤的書，請寄回更換）
ISBN｜978-626-7505-70-0
電子書 ISBN｜9786267505663（PDF）
　　　　　9786267505670（EPUB）